봄이 오는 소리

봄이 오는 소리

김영성 작품집

불고문예

* 이 책을 사랑하는 아버지께 바칩니다

봄기운이 완연한 4월이다.

제1집 『삶의 여정』에 대한 일부 독자님들의 평이 무난하여 제2집 『봄이 오는 소리』를 발간하게 되었다.

내용은 제1집에서처럼 일상에서 느끼고 경험한 일에 대하여 순수하게 저자의 생각을 표현해 본 것이다.

본문 중간에는 잠시 쉼의 여유 공간으로 봄과 관련된 사진을 넣었다.

아무쪼록 독자 여러분의 삶에도 봄이 함께 하기를 바라며, 성원해주신다면 앞으로도 더욱 좋은 소재로 다가가고 싶다.

2022. 4.

김영성

|차례|

■ 머리말

바둑의 한 수, 인생의 한 수

나는 오랫동안 바둑을 즐겨 두었다. 지금은 시간을 너무 빼앗기는 것 같아 자제하고 있으나 확실한 건 바둑에서 삶에 대한 지혜를 얻을 수 있다는 것이다.

예를 들면, 바둑에서 "소탐대실小貪大失"이란 말이 있는데 "작은 것을 욕심내다 큰 것을 잃는다"라는 뜻이다.

또 바둑을 두다 보면 급소 자리가 있다. 그 자리를 먼저 알고 공격하면 대마를 잡을 수 있어 승리를 거둘 수 있다. 이 자리를 맥점脈點이라고 한다.

이처럼 우리 인생에서도 맥점이 있다. 어려움에 처해 있을 때나 위기에 처해 있을 때, 고통에 시달리거나 고민에 빠졌을 때, 어떤 일을 성사시키고자 할 때, 경쟁에서 이기고자 할 때 등 바둑에서처럼 맥점을 찾아 해결책을 마련한다면 이것이 또한 인생의 맥점인 것이다.

많은 시간을 두고 숙고熟考해서라도 인생의 맥점을 찾는다면, 삶에 있어서 크나큰 희열喜悅이 아닐까 싶다.

끈

끈은 대체로 물건 등을 묶을 때 사용한다. 따라서 끈은 우리 일상에서 유용하게 사용되는 물건이다.

대개의 경우 끈은 다시 풀어 재사용하는 경우가 많다. 밧줄 같은 끈은 거의 다시 재사용한다.

그러나 물건 포장을 풀면서 묶여진 끈을 싹둑싹둑 잘라버리면 재사용이 어렵다.

사람도 인연의 끈이라는 게 있다. 혈연간이나 사회생활을 하면서 만남이 인연의 끈이 되는 것이다.

만나다 보면 서로 좋아지는 경우도 있고, 다툼 등으로 서로 싫어지는 경우도 있다.

서로 안 보기로 결심하거나 보지 못할 상황이 되어 버린 경우, 인연의 끈이 끊어졌다고 한다.

우리는 여러 사람과 어울려 살아가야 한다. 사람을 많이 알고 살아가는 것도 삶의 재산이라고 한다. 여러 가지로 도움을 받을 수도 있기 때문이다.

그러므로 유지되어 오던 인간관계를 일부러 단절할 필요는 없는 것이다.

결론적으로 우리는 인연이라는 끈을 끊으려고 하기보다는 재사용하는 지혜를 가져보자는 것이다. 언젠가 나에게 도움이 될 수도 있는 사람들이라는 것을 생각해 보자.

회식會食

오늘은 동호인들끼리 회식자리를 가졌다. 월 회비를 각출하여 갖은 회식이라 부담 없이 참석하였다.

그러다 술자리가 길어지고 술에 취하면서 2차 노래방을 가자는 제안과 함께 찬조금을 요구하였다. 나는 차량 운전 때문에 술을 안 마셔서 2차 노래방 가는 것에 대해 별 흥미가 없다고 말했다.

그런데 동호인 회장격인 자가 술에 취한 탓인지 막무가내로 돈을 내라는 것이다. 나는 다음에 사겠다며 자리를 빠져나왔다. 술자리에서 나와 생각하니 썩 마음이 좋지 않았다.

우리는 흔히 직장인이나 동호인 또는 친구들 모임 등 여러 가지 이유로 술자리를 갖는다. 그러다 보면, 그때마다 희생양을 찾듯 먹은 음식값 계산이나 찬조금 등을 요구한다. 참 부담스럽고 어떤 때는 황당하기도 하다.

물론 자기 사업홍보나 정치적인 입지를 가진 사람은

오히려 자청해서 찬조금을 낼 수도 있다. 그러나 그러한 특별한 경우를 제외하고는 대부분 부담을 느낀다.

어떤 때는 모임을 포기할까 하는 생각도 해보고, 이런 회식자리를 회피하는 경우까지 생긴다.

일반적으로 회식경비는 나눠 부담하는 것이 대다수라고 본다. 그렇게 하는 것이 각 개인도 부담이 없기 때문이다.

뜻하지 않게 찬조금을 요구할 경우 내 능력껏 낼 수도 있지만, 한편으로는 마음이 무겁고 언짢을 수도 있다.

찬조금은 솔선하여 내는 경우가 아닌 이상 강요하거나 납부를 이유로 자존심을 건드리는 일을 해서는 안 된다고 본다. 누군가에게는 마음의 상처로 남을 수도 있기 때문이다.

우리 서로 부담을 주지 않는 회식문화와 함께 화기애애한 분위기 속에서 마음을 나누는 자리가 되었으면 한다.

완벽完璧

우리는 무슨 일을 추진하면서 완벽하기를 원한다.

빈틈없이 일을 처리하는 것을 말하지만, 세상사가 그렇듯 완벽을 기하기란 쉽지 않다.

그러나 모든 일 처리나 인간관계 등 여러 면에서 완벽을 생각하며 살아가는 것이 현실이다.

변동이나 변수 등을 감안하지 못한 채 완벽한 일 처리를 기대하다 오히려 낭패를 보는 경우도 있다.

그렇다고 완벽이란 단어를 무시해서도 안 된다.

때로는 완벽을 기하도록 노력해야 그나마 90% 정도의 완성을 보거나, 또 사고나 손실을 줄일 수 있기 때문이다.

결론적으로 말해 완벽을 기하기란 어렵다. 우리는 완벽을 위해 노력할 뿐이다. 조그마한 손실이나 실수 또는 실패를 최대한 줄이기 위해서다.

모방模倣

"모방은 창작의 어머니"란 말이 있다.

모든 일을 처음부터 알아서 잘하기는 어렵다.

우리의 어린 시절을 돌이켜 보면, 눈에 보이는 것은 뭐든 따라 해보려는 습성이 있었다.

특히 어린 아이들을 키우다보면 모방 습성을 느낄 수 있는데, 어른들이 하는 것을 그대로 따라 하려고 애를 쓰는 아이들의 모습이 바로 그것이다.

말이나 행동을 따라하면서 자기 것을 만들어 가는 것이다.

물론 각자의 소질은 유전적인 것도 있지만, 후천적으로 성장하거나 생활하면서 습득되고 계발啓發된다고 본다.

여기에 주변 환경의 역할과 영향도 무시할 수 없다.

우리가 생존을 영위하기 위해서는 전前 세대의 생활방식을 그대로 따라 해야 한다.

남들이 하는 것을 유심히 살펴보고 흉내를 내다보면,

자기의 생각과 지혜가 보태져서 더 나은 기능 등이 생겨 나리라고 본다.

모든 지식과 기능을 발전시키기 위해서는 먼저 따라 하는 법을 배워야 한다.

학문, 예술, 운동, 기능, 기술 등 모든 방면의 기본은 기존의 지식이나 방식을 익히는 것에서 시작되는 것이다.

이처럼 모방이 각자의 생에 새로운 지식과 지혜를 가져다준다는 것을 생각하면서, 때와 장소 그리고 방면을 가리지 말고 따라 배우고 관찰하면서, 그 지혜를 통해 나만의 창작품이나 새로운 생각을 만들어 보자.

징크스

징크스Jinx란 불길한 징조를 뜻하는 말로 흔히 사용한다.

우리는 살아가면서 어떤 불길한 예감을 경험하게 된다.

나의 예를 들어보면 뱀을 보면 왠지 불길한 생각이 든다든지, 시험 볼 때 필기구가 떨어지면 불합격 예감이 들고, 최근에는 행사하러 가던 중 자료나 물품이 흘러 떨어지면서 실수를 예감하는 등 여러 경우 징크스가 생겼다.

심지어 바둑 게임을 하는 중에도 이기기 힘들겠다는 생각을 하는 순간, 긴장하여 한 수를 엉뚱한데다가 놓아서 판세가 바뀌어서 지고 만다. 이처럼 징크스가 신기할 만큼 맞아떨어지는 때가 있다.

그러나 징크스는 나에 대한 경고 메시지로 받아들여 더욱 긴장된 상태를 가져보는 좋은 의미로 받아들일 수 있으나, 이걸 믿고 불안해하거나 의기소침하는 등 징크스에 얽매여 버리면, 실제로 하던 일에 실수가 발생하거나 계획이 흐트러져 버릴 수가 있다.

따라서 징크스는 만들지 말자. 그냥 우연의 일치로만 생각해 버리자.

나 자신이 현실에 충실하고 상황에 정확하고 지혜롭게 대처한다면 징크스는 극복되리라고 본다.

양보운전讓步運轉

우리가 운전하면서 차선을 바꾸거나 추월할 때 상대방 차에 양보운전을 요구하는 경우가 있다.

대개의 경우 자연스럽게 양보해 주지만, 어떤 이는 양보에 인색하여 앞차에 바짝 붙어 끼어들 틈을 주지 않는다.

심지어는 끼어들기를 하는 차와 고의로 충돌하거나, 온갖 욕설과 시비를 거는 것을 보게 되는데 참으로 삭막하고 안타까울 지경이다.

양보운전을 요구하면 되도록 기분 좋게 양보해 주자. 양보는 서로의 마음을 편하게 하며, 또한 인정미가 흐르고 화기애애한 사회 분위기를 만들 수 있는 기본적인 자세가 아닌가 한다.

억울하다거나 괘씸하다는 생각을 버리고 편한 마음으로 자연스럽게 양보해 주자.

그리고 항상 서로의 입장이 바뀔 수 있다는 것을 생각하자.

서로의 안전을 지켜주고 양보하는 미덕을 베풀어서 서로가 행복해지는 운전 문화를 만들어 보았으면 한다.

취중진담醉中眞談

취중진담이란 우리가 술자리에서 하는 말이 진담일 수 있다는 것이다.

어제 술자리를 하면서 서로의 의견을 말하다가 다툼이 되어 급기야 비난까지 받게 되었다.

기운이 쭉 빠지면서 무척 기분이 좋지 않았다.

참 황당하다는 생각이 들었다. 술이 깨고 나면 그냥 술에 취해 한 말이라고 변명할 것이다. 그러나 그때의 느낌과 감정은 오래도록 잊혀지지 않는다.

술을 마시면 정신이 혼미해져서 자기 생각이 아닌 말도 한다지만, 내 경험으로는 정신이 멀쩡한 상태에서 본심을 말하는 경우가 허다하다.

또한 술에 취하면 대담성이 생기고 긴장이 풀어져 평상시에 불만이 폭발하는 경우가 많이 있다.

그러다 보면 하지 말아야 할 말까지 해 버려서 크게 후회하는 경우가 있다.

옛날 말에 그 사람의 진심을 알려거든 술을 먹여보란 말이 있듯이 술을 통해 본심을 들을 수 있는 좋은 기회가 될 수 있지만, 안 듣는 게 더 마음이 편할 때가 있다.

술에 취해 옳은 말을 한다고 상대에게 상처를 주는 말을 해서는 안 된다고 생각한다. 술에 취해 있을 때는 말을 조심하자. 취중진담이 상대에게는 상처로 와 닿을 수 있다.

길

    길은 우리가 왕래하고 활동할 수 있는 필수적인 공간
이다.

    옛날 길은 좁은 고샅길, 시골의 논두렁길이 많았고,
수레가 다니고 사람이 많이 다니는 큰길도 포장이 되지
않아 뿌연 먼지 속을 걸어야 했다. 비라도 오면 흙탕물
과 반죽된 진흙길을 장화 신지 않는다면 차라리 맨발로
가는 게 편한 길이었다.

    지금은 많은 길이 포장되어 있어 매우 편리한 듯하지
만, 여전히 길이 뚫리고 포장되어야 할 곳은 많다.

    옛날에야 지게에다 짐을 나르고 기껏해야 수레로 짐
을 날랐지만, 지금은 차가 다닐 수 있는 길이 아니면 움
직임이 불편해져서 하는 일에 제약이 따르고 생활에 어
려움이 생긴다.

    문제는 포장된 큰길(국도 등)이 아니면 대부분이 사유
지여서, 다니던 길도 토지 소유자가 재산권을 주장하며

파헤쳐 훼손해 버리거나 길을 막아버리는 등 어처구니 없는 일이 벌어지기도 한다.

국토의 효율적인 이용과 국민들의 원활한 활동 보장을 위해서는 더 많은 도로 개설에 정부가 나서야 한다.

큰 마을에도 소방도로가 없어 승용차 다니기도 불편한 길이 많은가 하면, 아예 사람만 겨우 다니는 좁은 골목길도 허다하다.

아직도 우리나라의 길은 대부분 사유지가 많다.

길이 없는 땅은 이용하기에 제약이 따른다. 길은 우리 몸의 핏줄처럼 막힘없이 터져 있어야 한다고 본다.

국가 차원에서 길 확보에 대한 개선 대책과 예산 투자가 계속적으로 이루어져야 한다.

모든 길을 통해 자유롭게 왕래하고, 우리 모두가 편리하게 국토를 이용한다면 개개인의 발전과 더불어 국가도 발전하리라고 본다.

긴장감緊張感

과도한 긴장감은 우리 몸을 해칠 수 있다.

그러나 적당한 긴장감은 실수를 줄일 수도 있고 능률을 올릴 수도 있다.

학창시절 시험공부를 할 때나 자격시험을 앞두고 급하게 공부하는 경우, 긴장감이 고도화되어 많은 분량의 공부를 한 경험이 있다.

긴장감은 시험 기간이나 운동시합을 할 때, 정해진 시간에 일을 마쳐야 할 때, 공연할 때 등 많은 경우에 겪는 조마조마한 감정이다.

긴장감이 조성되면 목표하는 일에 몰두沒頭하거나 집중集中·집념執念할 수 있어서 생각보다 많은 일을 처리할 수 있는 등 능력 이상의 성과를 낼 수 있다.

우리 가끔은 이런 긴장감을 조성하여 자신의 능률도 높이고 이를 토대로 나를 발전시키는 기회로 삼아보자.

비 온 뒤 하늘이 유난히 맑아 보이는 것처럼 긴장감 뒤에 뿌듯함과 기쁨을 느낄 수 있을 것이다.

화폐가치 貨幣價値

내가 살아온 60여 년을 뒤돌아보면서 잠시 화폐가치에 대해 생각해 보았다.

내 초등학교 시절 10원짜리 지폐면 상점에서 과자 등 군것질을 할 수 있는 돈이었다.

그러나 지금은 10,000원짜리 지폐를 가지고 있어야 이것저것 과자 등을 고를 수 있다.

학창시절 학교에서는 저축을 생활화할 수 있도록 학생 개인 통장을 만들어 관리하던 때가 있었다.

지금도 물론 저축을 장려하고 있지만, 그때 저축을 꾸준히 해서 오늘에 이르렀다면 이자에 얼마간의 목돈이 되었으리라 본다.

그러나 위의 예에서도 보았듯이, 물가는 예전에 비하면 100배에서 무려 1,000배 이상 뛰었다. 물론 모든 물가가 다 그렇다는 것은 아니지만 대부분이 그렇다고 본다.

화폐가치가 이처럼 떨어진다는 것은 물가나 서비스 관련 비용이 계속 오르고 있다는 것이다.

　반면에 40년 전에 땅이나 가치 있는 부동산에 현금을 투자한 이는 물가가 오른 만큼 이익을 고수하였다. 그렇다고 사행성 투자나 무모한 투자를 할 시 오히려 원금도 못 찾는 손해를 볼 수 있다.

　현금을 어찌 관리해야 하는지에 대해서는 명확한 정답이 없다. 그러나 한 가지 지금도 화폐가치는 계속 떨어지지 않을까 하는 우려가 있을 뿐이다.

　한번은 장래의 재산 보장을 위해 저축할 것인가, 투자할 것인가, 아니면 더 좋은 방법이 있는지에 대해 고민해 봐야 한다고 본다.

차량 속도

어느 날 순환도로(시속 80㎞ 제한 도로)에서 60㎞/h 의 속도로 차를 몰던 중 바람 빠지는 소리와 함께 갑자기 차량이 흔들려서 핸들 잡기가 힘들어졌다.

식은땀이 날 지경이었다. 옆에 차들이 지나가고 있었기 때문이다.

잠시 후 '다닥다닥' 소리가 나면서 펑크가 났다는 것을 직감했다. 차를 조심스럽게 몰아 도로 갓길에 세우고 살펴보았다. 자동차 바퀴가 너덜너덜하게 완전히 파손되어 있었다. 빠른 속도(80㎞/h 이상)로 질주했더라면 자칫 큰 사고로 이어질 뻔했던 것이다.

우리는 차량을 운전하면서 누구나 속도감을 느끼려 한다. 특히나 젊은 층은 더욱 그럴 것이다.

그러나 차량의 갑작스런 고장이나, 또는 앞 차량의 급정거로 서야 할 경우 등에 있어서 안전거리 유지와 안전 속도 운전이 절실히 필요함을 알아야 한다.

고속도로는 100~110㎞/h, 순환도로 80~90㎞/h, 일반도로 60~70㎞/h의 속도 제한이 있다.

이러한 속도 제한은 최소한 지켜져야 한다고 본다.

갑작스런 상황 발생으로 차량이 급하게 서야 할 경우 대처하지 못한다면 큰 사고로 이어질 수 있기 때문이다. 특히나 요즘 화제가 되고 있는 학교 주변은 30㎞/h 이내 서행이다. 학교 주변 속도 제한 구역에서 속도위반의 경우 2배 이상의 교통범칙금을 내야 하며, 사고 발생 시에는 구속수사 원칙으로 강력한 처벌을 받을 수도 있다.

요즈음은 80~90㎞/h의 순환도로에서 갑자기 50~60㎞/h나 30㎞/h로 속도를 제한하는 곳이 많아졌다. 학교 주변이나 마을 주변에서 그러하다.

이제 속도감의 희열보다는 안전사고 예방 차원에서 주변을 두루 살펴보며 제한 속도를 잘 지키자. 범칙금을 의식해서라기보다 안전을 지키기 위해서이다.

차량 라이트 켜기

소낙비가 억수로 쏟아지는 어느 여름날 순환도로 진입을 위해 깜빡이를 켜고 있는데, 갑자기 내린 비 때문인지 차들이 줄지어 서행하면서 좀처럼 진입하기가 어려워 차분하게 기다려야만 했다.

시간이 지나 차들이 거의 지나간 것 같아 진입을 시도했는데 갑자기 시커먼 물체가 차량 뒤에 붙어 있었다. 라이트를 켜지 않은 차량을 미처 보지 못한 것이다.

순간 가슴이 철렁하였다. 사고로 이어질 수 있었기 때문이다.

어두운 밤뿐 아니라 시야가 좋지 않을 때도 꼭 차량 라이트를 켜야 한다. 안개 낀 날, 비가 많이 오는 날, 눈이 많이 오는 날, 해가 지고 어둠이 오기 전 등 자동차 시야에 지장을 줄 수 있는 때에는 반드시 라이트를 켜야 한다.

이는 상대방도 보호하고 나도 지킬 수 있기 때문이다.

위의 예처럼 상황에 따라 차량 나이트를 켜는 지혜를
가져서 나와 상대방의 안전을 지켜주는 생명의 빛이 되
게 하자.

내 탓

우리가 무슨 일을 추진하다 보면 뜻대로 안 되는 경우가 많다.

이때 뜻하는 대로 되지 않으면 내 잘못보다 남의 탓이나 핑계거리를 먼저 생각한다.

예를 들어 날씨 탓을 한다든지, 사람이나 물건 탓을 하는 등 핑계거리는 무수히 많다.

이렇듯 다른 대상을 생각하며 탓하다 보면 괜히 화가 나고 마음이 아프며 일은 더욱 풀리지 않는다.

이제 마음을 비우고 남을 탓하기 전에 나의 잘못이라 인정해 보자. 그리고 나 자신을 점검해 보자.

열심히 노력하였는가?

준비는 빠짐없이 완전하게 하였는가?

잘못 생각한 것은 없었는가?

방해 등에 대한 대처는 세웠던가?

내가 행한 방법에 잘못은 없었는가?

이렇게 여러 상황에 대해 시간을 두고 곰곰이 생각해 보면서 나 자신을 탓해보자.

그러면 나 자신이 편해지고 다음 도전에도 많은 도움이 될 것이다.

시간 관리

격언 중에 "시간 관리를 잘하는 사람이 성공한다"라는 말이 있다.

우리는 여러 사람과 어울리거나 생계형 일자리에 매달리다 보면 많은 시간을 허비하는 경우가 있다.

인간관계상 또는 업무 등 수많은 이유로 그냥 시간을 보내는 경우가 허다하다.

분위기상 듣고만 있어야 하는 경우도 있고, 의무 참석으로 그 자리에서 아무것도 못 하고 막연히 있어야 하는 경우, 돈벌이 때문에 손님이 있거나 없거나 자리만 지키고 있어야 하는 경우 등 말 그대로 시간이 흐르기만 기다리는 경우는 수없이 많다.

"시간은 황금"이라 했다.

이제 시간을 아껴보자.

시간을 아끼기 위해서는 우선 나의 목표가 무엇인지 알아야 한다.

학생이면 공부, 성인이면 전문분야 연구·자격증 취득·취미활동 계발 등 수많은 분야에서 목표를 가질 수 있을 것이다.

목표가 설정되면 허비되는 시간을 활용할 수 있는 방법을 찾아보자.

예를 들어 단어 외우기, 메모한 쪽지 외우기, 책 읽기, 몸동작 반복연습하기 등 자기 목표에 맞는 것으로 시간을 활용해 보자.

참고로 나는 휴대폰을 많이 활용한다. 요새는 휴대폰 기능이 좋아서 다양한 것을 해결할 수 있다.

시간 관리에 있어서 체면이나 유혹에 휘둘리지 말고 과감히 내 시간을 찾아 나가자.

그리고 오늘도 시간 관리를 잘해서 보람찬 하루를 보냈는지 생각해 보자.

차량운행 기준차선

도로의 차선은 생명선이라 운행 중 누구라도 차선을 침범할 경우 큰 사고로 이어질 수 있다.

나는 차량운행 중 도로 갓길 차선을 기준으로 삼는다.

중앙선보다 기준 잡기에 편해서다.

우리가 밤길을 운행하다 보면 도로 갓길에 보행자를 발견하고 놀라는 경우가 있다.

특히나 한적한 시골길에서 색상이 밝지 않은 의복을 착용한 경우 위험천만이다. 갓길 차선을 지켜보면서 운행하여야 할 이유이기도 하다.

또한, 대개의 경우 갓길 차선은 흰색 선으로 되어있어 차량 불빛에 반사되기에 눈에 더 잘 띈다.

3차선, 4차선 등 여러 차선이 있는 경우 기준의 의미가 없다. 도로 중앙을 따라 좌우를 살피며 운행하여야 하기 때문이다.

사람마다 각기 자기에게 맞는 기준선을 잡아 운행하

겠지만 어느 경우가 효과적인지에 대해 생각해 보는 기
회가 되었으면 한다.

나를 낮추자

우리는 주위 사람들을 지켜보면서 자신이 남보다 잘 한다거나 어떤 우월감에 빠지는 경우가 종종 있다.

특히나 직장 등에서 나보다 못하다고 생각하는 동료 나 상사가 지적하거나, 꾸짖거나, 핀잔을 줄 때는 반항 심이 일어나 다투거나 큰 스트레스를 받는 경우가 있다.

이런 일로 경우에 따라서는 직장을 옮기거나 그만두 는 수도 있다.

지내놓고 보면 후회할 수 있는 경우이다.

어찌 보면 나의 못난 자존심 때문일지도 모른다. 나 자신을 높게 평가해서 더 큰 상처를 받은 것일 수도 있 기 때문이다.

이제 나 자신을 보통사람이라 생각해 보자.

설령 좀 잘하는 것이 있더라도 함부로 내세우지 말자.

"모난 돌이 정 맞는다"라는 속담처럼 잘난 체하다 보 면 상대방의 시기·질투를 만들 수도 있고, 미움을 사거나 경계의 대상이 될 수도 있다.

　내 능력을 숨긴다고 해서 그 능력이 어디로 없어지는 것이 아니다.

　항상 평범한 나라는 것을 사람들에게 인식시키도록 노력하자.

　직장에서는 적을 만들지 않고 무난히 승진할 수 있는 아주 좋은 방법이다.

　뭐든 잘할 것 같으면서 막상 못하는 것보다, 잘 못 할 것 같으면서 잘할 때 사람들의 칭송을 더 받는 법이다.

　항상 나를 낮추어서 나 자신을 지키자.

진인사대천명盡人事待天命

"하늘은 스스로 돕는 자를 돕는다(Heaven helps those who help themselves)"란 속담이 있다.

우리는 살아가면서 막연한 기대를 하는 경우가 있다. 본인은 노력도 별로 하지 않았으면서 시험에 합격하기를 바라거나, 어떤 일이 그냥 잘되기를 바라는 때도 있다.

모든 것은 우연에 기대어서도 안 되고, 운이 좋은 요행을 바래서도 안 된다.

나 자신이 목표를 가지고 계획적이고 치밀하게 그리고 열심히 노력하는 대가로 목표한 바를 성취할 수 있는 것이다.

태만과 방종으로 시간을 보내면서 내 탓이나 남의 탓을 하는 것도 옳지 않다.

다른 말로 "진인사대천명盡人事待天命(사람이 할 수 있는 일을 다 하고서 하늘의 뜻을 기다림)", 그리고 비슷한 말로 "수인사대천명修人事待天命"이 있다.

　우리 각자 하고자 하는 목표를 세우고 열심히 노력해서 원하는 바를 성취해보자. 실패나 좌절을 극복하면서 열심히 살아갈 때, 속담과 같이 하늘이 돕는 것처럼 좋은 결과를 얻을 것이다.

시간은 여유 있게

일상을 살다 보면 시간에 쫓기는 경우가 많다.

좀 더 일찍 나서야 하는데도 막상 일찍 나서려면 시간이 아까워지는 것이다.

시간을 재촉하면 노인네들이 하는 행동이라며 어떤 이들은 비웃기도 한다.

그러나 시간에 딱 맞춰 행동하려다 보면 의외의 돌발 상황으로 출발시간이 지체되거나, 급히 서두르는 과정에서 챙겨야 할 것을 빠트리는 경우도 있다.

이제 시간의 여유를 가져보자.

최소한 10분의 여유라도 가지고 약간 빨리 움직여보자.

뒤돌아볼 여유도 있고 생각할 여유도 생긴다.

시간의 여유를 가질 때 훨씬 편안한 마음으로 안도감과 행복감을 느낄 수 있다.

만족滿足

인생을 살아가다 보면 갖가지 실패와 좌절, 분노와 절망감, 공포와 고통을 겪는다. 이럴 때 자신을 한탄해 보기도 하고 세상을 원망해 보기도 한다. 또한 잘나가는 이들을 보면 부러워지거나 시기심이 생길 때도 있다.

사실 대부분의 사람들이 이런 시련을 겪는다고 본다. 나만 겪는 시련이 아니라는 것이다.

먼저 나에 대한 불만족스러운 삶을 생각하기보다는 스스로에 대한 만족감을 하나씩 찾아가 보자.

예를 들어,

나는 건강한가?

나의 가족은 안녕하고 행복스러운가?

나의 생활은 안정적인가?

위의 예시처럼 무수한 면에서 나의 만족감을 찾아볼

수 있다.

행복은 나 자신이 만든다고 한다.

만족도 나 자신이 만드는 것 같다.

불평불만만 하기보다는 긍정적인 만족감을 찾아보자.

지금은 고통스럽고 힘들더라도 밝은 미래를 생각하면서 나 자신을 위로하고 스스로 만족감을 가져보자는 것이다.

누구나 완전한 만족은 없다고 본다. 돈이 많은 사람도 더 많은 돈을 얻으려 할 것이고, 높은 지위에 있어도 더 높은 지위에 오르려 할 것이고, 편안함과 즐거움을 누리는 사람도 더 큰 편안함과 즐거움을 추구할 것이다.

오늘의 삶이 비록 힘들어도 현실의 한 부분에서 만족감을 찾을 수 있을 때, 우리는 자신의 위로와 함께 만족감과 행복감을 느낄 수 있다고 본다.

사람에 대한 집착

우리는 사람들과 어울려 살아갈 수밖에 없다.

필연이든 우연이든 만남에서 자연스럽게 '관계'가 형성된다. 동생, 형, 언니, 친구, 부부, 제자, 스승, 동료, 애인 등 우리는 수많은 인간관계를 맺고 있다.

형성된 인간관계에서 서로를 대하다 보면 좀 더 가까이하고 싶어 하는 사람도 있고 왠지 좋아지는 사람도 있다. 반면에 멀리하고 싶은 사람도 있고 싫어지는 사람도 있다. 여기서 좋아하는 이가 생기면 대개의 경우 집착하기 쉽다. 아내나 애인은 나만 사랑해야 하고, 자식은 나에게 효도해야 하고, 친구도 나와만 친하게 지냈으면 하는 집착에 빠지게 된다.

만약 이런 요구가 무너졌을 때는 큰 혼란을 가져온다. 배반, 무관심, 소홀 등으로 다툼이 일어나고, 때로는 크나큰 사건으로 이어지기도 한다.

피를 나눈 가족이나 마음에 두는 사람이라도 인간은

누구의 소유물이 아니다. 각자 자신의 개체個體를 가지고 자기 생각에 의해 살아가고 있는 것이다. 한 인간으로서의 개체라는 것이다. 따라서 서로 마음이 맞으면 좋은 관계가 유지되겠지만, 서로 맞지 않는다면 멀어질 수도 있다는 것이다.

우리 인생도 바람이 부는 방향대로 흔들리고, 물처럼 높은 데서 낮은 데로 자연스럽게 흘러가는 것처럼 마음을 놔 버려야 한다. 인연이 되어 오는 사람 막지 말고, 내가 싫어 가는 사람을 탓하지 말자.

우리는 어차피 만남과 헤어짐으로 이루어진 인생이 아닌가! 각자 자기의 갈 길을 가도록 집착으로부터 마음을 비워보자. 꼭 나만을 위해야만 한다는 고집스런 원칙에서 벗어나 여러 가지 변수를 놓고 마음을 넓게 써 보자. 집착이라는 쇠고랑에서 벗어나 자유롭고 행복해지는 나를 느껴 보자.

남의 말 지나치기

대화를 하거나 남으로부터 전해 들은 말을 통해 나에 대한 정보나 흠담欠談 을 듣게 되는 경우가 있다.

때로는 편한 사석私席에서 상대방으로부터 조언이나 지적 또는 충고를 듣는 때도 있다. 이런 경우 나 자신이 합당合當하다고 인정하는 경우도 있지만, 인신공격人身攻擊적인 말을 듣거나 모함謀陷적인 말을 들어 기분이 나쁠 때도 있다.

어떤 때는 나의 약점弱點을 직설적直說的으로 말해서 몹시 기분이 나빠지는 경우가 있다.

이럴 때는 상대방의 말을 무시해 버리자. 물론 필요에 따라서는 자신을 반성해 보는 기회가 될 수 있지만, 그대로 받아들일 경우 상처를 받을 수 있기 때문이다.

내가 들어 기분이 나빠지는 경우는 도움이 안 되는 말이거나, 사기士氣나 의욕을 떨어뜨려 악영향을 줄 수 있는 말들이다.

남의 기분 나쁜 말에 너무 고민하거나 가슴 아파하지 말고 잊어버리자.

남의 말에 휘둘리지 말고 꿋꿋하게 내 길을 가자.

이것이 나 자신을 지킬 수 있는 길이다.

지적指摘

우리는 일상생활에서 무언가를 배울 때, 남으로부터 또는 가르치는 선생님으로부터 잘못된 부분이나 서투른 부분에 대한 지적을 받게 된다.

지적을 받아서 좋은 경우도 있으나, 대개의 경우 왠지 기분이 좋지 않다. 때로는 다툼으로 이어지는 경우까지 있다.

또한 나의 약점을 일러주는 것이 때로는 마음 아플 때가 있고, 기분이 좋지 않는 경우도 있다.

사람들을 가만히 살펴보면 저마다 내놓을만한 특기가 있다. 모든 걸 다 잘할 수는 없는 것이다. 반면에 모든 걸 다 못한다고 말할 수도 없다.

지적하기에 앞서 그 사람의 상황이나 능력을 살펴야 한다고 본다. 필요 이상의 지적은 오히려 배우는 자를 피곤하게 만들고, 때로는 배우는 것을 포기하게 만들어 아주 나쁜 결과를 가져다주기도 한다.

그렇다고 지적이 다 나쁜 것은 아니다. 내가 미처 생각지 못한 부분에 대해 알려줌으로써 깨달음이나 일 처리할 때 혜택을 보기도 한다. 기능이나 기예 등을 익히면서 받는 올바른 지적은 돈을 주고 배워야 할 것이다.

결론적으로 남이 못하는 부분에 대하여 원론적原論的으로 지적하지 말고, 그 사람의 상태나 능력 등을 고려하여 습득이 가능할 경우 지적해 주자.

지적을 잘못하면 흉을 보는 것이나 다름없고, 때로는 인신공격처럼 되어버릴 수도 있기 때문이다.

텔레비전television

내가 중학교 시절에야 텔레비전이 보급되었는데, 시골에선 그나마 돈 있고 잘사는 집에만 흑백텔레비전이 있었다. 그 당시 시골에서는 텔레비전은 신기하고 재미에 흠뻑 빠질 수 있는 시청각 기기였다.

여름날 마당에 멍석을 깔아 놓고 텔레비전을 설치해 놓으면 지금의 극장과 다름이 없었다. 그곳에서 마을 사람들이 함께 모여 모든 프로그램이 끝날 때까지 텔레비전을 시청하였다.

지금에 와서야 텔레비전이 각 집의 방마다 있으며, 기능도 발달하여 컬러에 대형스크린으로 언제든지 개별 시청이 가능해졌다. 이렇듯 텔레비전은 우리의 생활 속에 없어서는 안 될 것이 되어버렸다.

대개의 사람들이 텔레비전에 빠져 많은 시간을 보내기도 한다. 요새는 선택할 채널이 몇백 개가 되어 시청하는 내용과 분야도 다양하다.

그러나 여러 가지 볼거리를 제공하는 텔레비전을 두고 '바보상자'라는 명칭이 생겨났는데, 그 이유는 사람들이 이것에 빠지면 헤어나오지 못하기 때문이다.

텔레비전을 습관적으로 오래도록 시청하다 보면 창의성, 호기심, 추리력, 논리력 등에 영향을 미칠 수 있다고 한다.

따라서 학생들은 텔레비전 시청을 자제하여야 학습능률뿐만 아니라 사고력 역시 높일 수 있다.

나이 드신 분들 역시 너무 텔레비전에 빠져 혼자 있는 시간이 많아지면 치매 등의 질병이 올 수 있다고 한다.

우리 텔레비전은 꼭 필요한 부분만 보고 내 개인 시간을 찾아 활용하자. 텔레비전에 빠져 아까운 시간을 낭비하지 말자.

바보상자를 멀리하여 우리가 바보 되는 일이 없도록 하자.

조언

상대방에 대하여 관심을 가지다 보면 나도 모르게 이런저런 조언助言을 하게 되는 경우가 있다.

그러나 듣는 이의 지위나 연령 또는 생각의 차이에 따라 오히려 불쾌하고 짜증스러울 수 있다.

조언은 상대방이 요구할 때만 최대한 줄여서 말하는 게 좋다고 본다.

서로 친해서 마음이 통할 때는 예외이지만, 좋은 아이디어나 정보를 주고도 욕을 먹는다거나 호응을 받지 못한다면 그것도 서로 마음 아픈 일이다.

일방적인 조언보다는 상대방의 의향이나 상황을 살펴서 말하는 게 현명賢明할 수 있다.

물

인간의 신체는 70%가 물이라고 한다. 따라서 물은 우리가 살아가는데 절대적으로 필요한 것이다.

적당량의 물 섭취는 우리 신체를 원활하게 유지할 수 있게 해주며, 질병의 저항과 치료에 도움이 된다.

물은 하루 1.5~2ℓ 정도 섭취해야 한다. 마실 때는 편안한 자세로 마시고, 한꺼번에 마시는 것보다 나누어서 마시며, 차가운 냉수보다는 따뜻한 물이 좋다.

물의 섭취 시기는 식사 30분 전에 한 컵 정도 마시고, 잠자기 한 시간 전에 한 컵 정도 마시며, 식사 후 2시간 정도 지나서 마시면 좋다.

각종 음료수는 물을 대신할 수 없다. 오히려 갈증을 유발할 수 있다.

물은 마시는 방법과 마시는 때를 잘 알아서 섭취한다면 건강에 아주 좋을 것이다.

참고로 나는 매일 아침 공복에 음양탕陰陽湯을 한 컵

마신다. 음양탕이란 끓인 물과 찬물을 반씩 섞어 만든 물을 말한다.

아침 공복에 마시는 물은 위를 청소해 주고, 밤새 허비된 수분을 보충해 줌으로써 몸의 순환을 원활하게 해 준다.

종이 한 장이라도 소중하게

나의 학창 시절에는 종이가 귀했다. 그 당시에는 16절 갱지를 매수로 팔았다. 지금보다 질이 훨씬 떨어진 종이였다.

지금은 A4 용지 100장 단위나 500장 단위 묶음으로 팔거나 박스로 판다. 종이 질도 훨씬 좋아졌다.

그 당시에는 연습지에 연필로 먼저 써서 연습하고, 그 위에 펜(잉크 사용)이나 사인펜으로 덮어쓰는 경우도 있었다.

지금이야 종이를 풍부하게 사용할 수 있지만 나는 어려웠던 옛 시절을 생각하며 종이를 함부로 버리지 않는다. 이면지로 활용할 수 있는 것은 따로 모아 두었다가 재사용하고, 신문지도 모아 놓고 포장용지나 기타 여러 가지 용도로 사용한다. 폐지는 모아서 종이 수거하는 사람에게 주거나 매각하여 수입을 얻기도 한다.

수거된 폐지는 종이공장의 공정을 거쳐 새 용지로 다

시 제조된다.

우리나라는 종이 원자재를 거의 수입하는 편이다.

컴퓨터 활용 등으로 종이 없는 전자문서화를 한다고
하지만, 여전히 종이 문서는 필요해 보인다.

"버리면 쓰레기, 모으면 소중한 자원"이란 표어가 생
각난다.

우리 종이를 아껴 쓰자. 재활용할 종이는 재활용하고,
버리는 폐지는 잘 수거하여 자원재활용에 적극 협조하
는 애국 국민이 되자.

연륜年輪

우리는 남이 하는 것을 보고 막연히 자신감을 가지는 경우가 있다.

남이 어떤 기능에 대하여 10년을 해도 실력이 별로인 것처럼 보일 때, 내가 1년 하면 될 것 같은 생각을 해본 경험이 있을 것이다.

그러나 그게 쉬운 일이 아니다.

많이 경험하고 실제 많이 연습을 해본 사람이 대부분 능숙하고 노련하기 마련이다.

남이 오랜 기간에 걸쳐 연습한 기능을 "나도 저 정도는" 하며 얕잡아 보고 덤비다 "쉬운 게 아니구나!"라며 후회하는 경우가 있다.

모든 일에는 대개의 경우 연륜이 쌓여야 숙달이 되고 일을 능숙하게 처리할 수 있다.

처음부터 잘할 수는 없다. 남보다 잘한다는 말을 들으려면 시간과 연륜을 두고 열심히 노력해야 한다.

인간은 비슷하다

인간의 생물학적 구조는 다 비슷하다. 태어날 때 기형이나 사고로 신체가 손상되지 않는다면 그 모습도 비슷하다.

누구나 기본적으로 육체적 감각, 느끼는 감정, 몸의 작용 등이 비슷하다. 남자와 여자의 성별 차이에 있어 신체적 일부 구조는 다르지만, 기본적인 부분은 비슷하다.

그러나 각자가 생각하는 면은 다소 다를 수 있다. 인종의 문화, 지능의 우열, 지역 풍속, 환경의 지배, 개인의 습성, 신체조건, 문명의 습득 정도 등….

인간은 신체조건이 비슷하기 때문에 의사가 병을 치료할 수 있으며, 느끼는 감각이나 감정이 비슷하여 사람들의 시선을 끌 수 있는 관광지, 재미나는 공연 장소에 사람이 들끓는 것이다.

음식 맛이 좋으면 식당에 사람이 붐빈다.

그러므로 내가 느끼면 다른 사람의 느낌도 예상할 수 있는 것이다.

"입장 바꿔 생각해 보라"라는 말이 있다.

내가 하기 싫으면 남도 싫어하듯, 나와 남은 별개의 몸을 가지고 있지만 느끼는 감정은 비슷한 것이다.

이런 면들을 생각하면서 남의 처지나 입장도 헤아려 보자. 인생을 살아가는데 가장 기본적인 마음의 자세가 아닐까 생각한다.

여유 있는 삶

우리는 항상 긴장 속에 살아가고 있다. 하루 세 끼도 챙겨 먹어야 하고 일을 해서 돈도 벌어야 한다.

이뿐만이 아니다. 산책하는 여가 시간에도 왠지 마음이 바쁘다.

계획된 시간에 따라 이동하고 다음 목표하는 일들을 처리해야 하기 때문이다.

그래서 뭐든 서두르게 되어있다. 책을 읽는 것도 빨리 끝마쳐야 한다는 조바심에 대충 읽고 넘어가기도 한다.

특히나 우리나라 사람들은 '빨리빨리'를 좋아한다고 다른 나라 사람들에게 평이 나 있다.

대개의 경우 일을 빨리 처리하려고 서두르다 보면, 실수가 유발될 수 있고 일의 결과가 정교하지 못하고 거칠어질 수도 있다. 무엇보다 긴장감에 스트레스가 쌓일 수 있다.

이제 마음의 여유를 갖고 살아보자.

일을 하다가도 잠시 쉬며 긴장을 풀어가며 일을 추진하다 보면, 훨씬 능률적일 수 있고 목표하는 바에 정확히 도달할 수 있다.

우리는 항상 시간에 쫓기는 듯하지만 순간의 여유가 있다. 바쁘게 일하다가도 잠시 멈춰서 심호흡도 해보고 몸도 풀어보자.

불안한 마음을 털어 버리고 차분하게 일하다 보면 일의 능률도 오르고 삶도 여유로워질 것이다.

반가운 만남

같은 사람을 만나도 유별나게 반가운 때와 장소가 있다.

멀리 외국으로 여행을 가서 우연히 만난 경우, 직장 근무지를 옮겨 어색할 때의 만남, 긴장이 조성된 장소에서의 만남, 어려움에 처했을 때의 만남 등 여러 경우가 있다.

이렇듯 서로 안면이 있다는 것만으로도 경우에 따라서는 오랜 친구처럼 반가울 수가 있다.

"원수는 외나무다리에서 만난다"라고 했다.

반가운 만남이 있어야 할 곳에서 원수 같은 사람을 만나면 어떻게 될까?

우리 되도록 원수 관계는 만들지 말자. 사람은 어디에서 만날지 모른다.

아는 사람은 어디에서 봐도 반가운 사람으로 만나야 한다.

배움은 기초부터

누구나 뭘 배우려면 기초부터 시작해야 한다.

어떤 이는 "나는 다른 데서 좀 해본 경험이 있어"하고 기초과정을 무시하는 경우가 있다.

그러나 가르치는 자의 입장에서는 다르다. 하는 걸 보니 별로라서 다시 기초부터 하자고 한다.

나도 예전에 수영을 5개월 정도 배웠다.

그 뒤로 몇 년을 쉬다가 다시 수영을 배우기로 하고 수영장에 접수하였다. 중급과정에 접수한 것이다. 수영 강사는 나의 수영 상태를 보고 기초부터 다시 하자고 했다. 그 당시에는 기분이 안 좋아서 얼마쯤 하다 중간에 그만두었다.

그런데 이제 와서 생각해 보니 그 말이 맞았다. 지도하는 입장에서 보면 아직 서툴러 보였던 것이다.

기초가 튼튼한 구조물은 잘 무너지지 않는다.

우리도 뭘 배우고자 할 때 기초부터 튼튼히 다지는 지

혜를 가져보자.

"천 리 길도 한 걸음부터"란 말이 있다. 처음부터 건너뛸 수는 없다.

기초부터 실력을 차곡차곡 쌓아가다 보면 만족할 만한 경지에 도달할 것이다.

밝게 살자

대개의 겨우 습관처럼 "안 돼!", "하지 마!" 등의 말을 한다. 나도 모르게 거친 말을 사용하고, 운전 중 욕설이 저절로 나오는 경우도 있다.

술자리 등에서는 남을 흉보고 비방을 재미 삼아 하는 사람들이 있는가 하면, 남의 트집을 잡아 다투거나 곤경으로 몰아 고통스럽게 하거나 귀찮게 하는 경우도 있다.

또한 항상 불평불만不平不滿만을 일삼아 남을 탓하거나 자신의 신세 한탄만 하는 이도 있다.

이처럼 부정적인 삶을 사는 사람은 공격적이고 따지기 좋아하며 매사에 어두운 면만을 보고 욕하며 세상을 탓하기 일쑤이다.

부정적인 삶은 먼저 자신의 마음에 상처를 냄으로써 아프고 괴롭다. 그러다 보면 건강에도 해로울 수 있다.

남을 공격하고 괴롭혀서 얻는 것은 자신의 아픔과 고통으로 돌아올 수 있다. 주변 사람들도 좋아하지 않으며 경계할 수 있다.

　이제 밝게 살아보자.

　남을 욕하고 탓하기보다는 자신의 삶에 충실하자.

　남의 일에 너무 관여하지 말자.

　되도록 부정적인 낱말을 사용하지 말자.

　내가 남을 위하여 배려하고 도움을 주거나 봉사할 것이 없는지 살펴보자.

　이렇게 밝게 살다 보면 주변에 좋아하는 사람들이 모여들고, 나의 앞길에도 기쁨이 충만하여 행복한 삶으로 바뀌어 있을 것이다.

귀중품 소지 방법

밭에서 동생으로부터 받은 돈을 호주머니에 넣고 집에 도착하여 꺼내려 하니 없었다. 호주머니를 몇 번이고 탈탈 털어 보아도 돈이 보이지 않았다.

서둘러 밭으로 가 보았다. 마침 인적이 없어 밭길에 떨어져 있는 돈을 발견할 수 있었다. 얼마나 반가웠는지 모른다. 한편으로는 돈을 소홀히 한 자신을 자책했다.

우리는 호주머니 속에 여러 가지를 넣어 다닌다. 휴대폰, 화장지, 영수증, 장갑, 메모지 등 다양하다. 만약, 돈까지 넣고 다니다 보면 주머니에서 물건을 꺼낼 때 돈이 묻어나와 분실 위험이 크다.

따라서 귀중품은 별도의 안전장치가 된 주머니나 가방 등을 활용하는 것이 좋다. 주머니나 가방도 불안하여 속옷에 전대纏帶를 차는 경우도 있다.

우리 귀중품 소지에 대해 나름대로 안전한 방법을 생각해 보자.

과거는 잊어라

지난 과거를 가만히 생각해 보면, 그때 잘못했으면 큰일 났을 거라는 아찔한 기억, 비통하고 슬픈 기억, 가슴 아픈 기억, 뜻하는 바가 실패로 돌아간 애통한 기억 등 다 열거하지 못할 만큼 많은 일들이 있었다.

이런 기억들을 떠올리며 가슴 아파하거나 자꾸 슬픔에 잠긴다면 미래에 대한 희망은 줄어들고 나약한 모습으로 변해버릴 것이다.

물론 과거를 반성하며 이를 거울삼아 미래를 설계할수도 있다. 하지만 과거에 집착하여 자꾸 되씹는다면 상처 난 곳을 후벼 파는 것과 같아서 그 부작용으로 인해 신체적으로나 정신적으로 건강한 삶을 살기가 어려워질 것이다.

인간에게 망각이 있는 이유는 이 때문인지도 모른다.

과거에 집착하면 자신이 우울해지고 초라해질 뿐이다.

지나간 날은 잊고 현실에 충실하면서 미래를 고민해 보자.

과거는 추억으로 남기고, 그 과거의 삶은 미래 이정표를 만드는 데 활용해 보자.

과거에 매달려 한숨짓고 사느니 현실을 보람차게 사는 게 더 현명하지 않을까 생각해 본다.

고정관념固定觀念

무엇을 생각하거나 판단할 때 습관처럼 마음속에 굳어진 기준이 있다. 이를 고정관념이라 한다.

예를 들어, "여자는 빨래하고 밥을 잘해야 해"라든지, "뱀은 혐오嫌惡스러우며 징그럽고 무섭다" 등 우리 마음에 자연스럽게 배여 굳어버린 생각들이다.

일반적으로 고정관념은 우리 일상생활에 지장을 주지 않는다. 그러나 사실과 다른 것, 정당하거나 정의롭지 않은 것, 자신이나 타인에게 해가 되는 것, 너무 확대해석하거나 축소해석해서 판단에 무리를 주는 것, 사실에 근거하지 않고 유언비어나 모략적인 풍문을 듣고 그것이 생각으로 굳어진 것, 올바르지 못한 선동에 의하여 굳어진 생각, 집단 사고에 의하여 잘못 형성된 생각 등의 고정관념은 문제가 있다고 본다.

한번 형성된 고정관념은 잘 변하지 않기 때문에 개인 간 혹은 사회적으로 갈등을 가져올 수 있다.

자신에게도 이런 잘못된 고정관념이 없는지 생각해 보자.

이러한 잘못된 고정관념에서 벗어나려면

1. 상대방의 충고나 지적에 대해 한번은 생각해 볼 필요가 있다.

2. 상대방의 의견을 무시하기보다는 경청하는 자세가 필요하다.

3. 내 생각에서 벗어난 것이라고 흘려버리지 말고, 또 다른 면도 살펴보는 자세가 필요하다.

4. 공부를 많이 하고 마음을 다스리다 보면 잘못된 점을 발견할 수도 있다.

5. 소수의 잘못을 들어 전체집단을 매도罵倒해 버렸는지 생각해 보자.

6. 모함이나 유언비어에 휩쓸리지 말고, 여러 정황을 살펴보고 확인해 보는 자세가 필요하다.

7. 내 생각을 바꿀 수밖에 없는 충격적인 사건이 있을 수 있다.

8. 중상모략에 의한 음모가 밝혀져 잘못이 판명된 경우에도 생각이 바뀔 수 있다.

세상을 올바르게 보려면 나도 모르게 나쁜 고정관념에 빠져 있는지 곰곰이 생각해 볼 필요가 있다.

억울함 풀기

우리가 사회생활을 하다 보면 억울함을 당할 수가 있다. 모함, 모략, 누명, 사기 등 하지 않은 일에 의심을 받거나 공격을 받을 수 있다.

선거철의 정치인, 유명 연예인, 사업가, 직장인, 일반 개인 등 공격의 대상은 누구나 될 수 있다.

이러한 경우, 정치인은 유권자의 표를 잃을 수 있고, 유명 연예인은 인기에 영향을 받아 활동에 타격을 받으며, 사업인은 사업 손실이 생길 것이고, 직장인은 승진 탈락이나 좌천 인사 혹은 징계 처분 등의 불이익을 당하며, 일반 개인의 경우 심적, 물적 손상이 오며 명예훼손 등 인격침해까지 받을 수 있다.

억울함은 빨리 푸는 것이 좋다.

혼자 처리하기에는 힘들 수 있으므로 가족, 동료, 지인, 친구에게 털어놓고 도움을 호소해야 할 것이다.

대항할 근거가 있으면 기관에 민원을 제기할 수도 있

고, 언론기관에 찾아가 상담을 받아 기사화하는 방법도 있다. 언론기관을 통해 공중파를 타면 각 기관에서도 민감하게 반응할 수 있다.

　마지막으로 변호사 사무실에 찾아가 상담을 받아서 법적 다툼을 하여 스스로를 보호할 수도 있다.

복장服装

우리는 옷을 입고 살아야 한다.

옷은 체온 유지나 몸을 가려주는 기능을 한다. 때나 장소, 상황에 따라 옷 입는 형태는 다르다.

예를 들어 외출할 때, 사무실에서 근무할 때, 작업할 때, 운동할 때 등 각각 다르게 옷을 입는다.

군인이나 경찰, 소방대원처럼 정해진 복장을 해야 하는 경우도 있다.

나는 취미로 대금을 배우고 있다.

어느 날 국악경연대회에 참여할 기회가 있어 평상시 입고 다니는 일반 옷을 입고 갔다.

경연이 끝나고 심사평에서 복장 이야기가 나왔다. 이러한 경연대회에 참가하기 위해서는 한복을 입어서 예를 갖추어야 한다는 것이다.

가슴이 철렁 내려앉았다. 복장 갖추는 것을 소홀히 하는 실수를 범한 것이다.

가끔 보면 복장을 대충 갖추고 다니는 사람들이 있다. 본인은 편하다고 생각할 수 있으나 옆 사람의 눈살을 찌푸릴 수도 있다.

옷은 멋으로도 입지만, 때나 장소 그리고 상황에 따라 거기에 맞게 입어야 한다.

오늘도 가야 할 장소에 어울리는 복장을 잘 갖추었는지에 대해 생각해 보자.

모르면 물어봐라

누구나 낯선 길을 가다가 목적지를 찾지 못하고 헤맬 때가 있다. 이때 혼자 찾는다고 이정표를 이리저리 찾아다니다가 시간만 허비하는 경우가 있다. 지나가는 사람이나 주민들에게 물어보면 쉽게 해결될 일이다.

요즘은 대부분 기능조작으로 업무를 처리한다. 은행의 현금인출, 제 증명 발급, 교통 관련 승차권 발급, 공과금 납부 등이 그 예이다. 이런 때도 조작이 서투르거나 잘 모르겠으면 관계 직원에게 도움을 요청하면 친절하게 처리해 준다.

학습에 관한 것도 모르면 선생님에게 질문해서 도움을 받으면 된다.

이처럼 우리가 살아가다 보면 의외로 모르는 것, 어설픈 것들이 많이 있다.

그때마다 손쉽게 처리하고 해결하는 방법은 주변 사람이나 관계자 또는 전문가에게 물어보면 되는 것이다.

물어보는 것에 대하여 창피하다거나 귀찮다고 생각해서도 안 되고, 어려워할 필요도 없다. 모르는 것은 무조건 물어보자.

사진 찍어 보기

내가 어릴 적에는 카메라가 귀했다. 졸업식이나 중요한 행사가 아니면 카메라 앞에서 포즈를 잡을 기회가 거의 없었다.

학창 시절에는 카메라가 동경憧憬의 대상이었다.

직장을 다니면서 카메라를 살 여유가 생겨, 조그마한 소형 카메라를 사서 다른 사람도 찍어 주고 현상비로 얼마씩 받는 재미도 있었다.

사진을 찍다 보니 소형 카메라는 한계가 있어, 렌즈 교체용 카메라를 사서 찍어 보니 훨씬 사진이 좋아 보였다.

잘 찍힌 사진은 크게 확대해서 액자로 만들어 걸어 보고 남에게 선물도 하였다.

그렇게 사진에 취미를 갖다 보니 남들이 사진 공모전 참여를 권했다. 사진작가가 될 수 있는 자격을 가질 수 있다는 것이다. 그 이후 촬영대회에 참여하고, 각종 공모전에 사진을 출품하여 다수의 입상 실적을 거두었다.

사진에 관심을 두고 공부하다 보니 취미활동으로 좋다는 것을 느꼈다.

사진은 우리 일상의 모습을 담을 수도 있고 계절에 따른 풍경, 각종 행사 등 다양한 소재를 촬영할 수 있다.

사진은 작품으로 만들 수도 있지만, 기록 사진이나 각종 자료 사진으로도 활용할 수 있다.

기회가 되면 카메라를 사서 사진을 찍어 보자.

사진 촬영에 대해 많이 연구하고 경험을 쌓는다면 예술가로 거듭날 수 있는 기쁨으로 자리할 것이다.

요새는 휴대폰 기능이 좋아서 사진이 훌륭하게 찍힌다.

휴대폰 사진을 이용해 사진일기를 써 보는 것도 좋다.

어디서든 사진을 찍어 볼 수 있는 즐거운 취미를 가져 보자.

위기관리

살다 보면 위기에 봉착할 때가 있다. 사고를 당하거나 사건이 발생하는 경우이다.

우선은 두렵고 흥분되어서 무엇을 해야 할지 모르는 혼란 상태가 올 수 있다.

가령 화재가 발생했는데 119 신고 전화번호가 생각나지 않는다든지, 도둑이 들어왔어도 두려워서 신고는커녕 꼼짝을 못 하는 등 여러 경우가 있다.

위기를 극복하려면 우선 침착해야 한다. 그다음으로는 무엇을 먼저 해야 할 것인지, 어떻게 대처해야 할 것인지에 대해 상황을 살펴야 한다.

먼저 조치할 것은 하고, 도움도 요청하고, 주변에 알려야 할 것은 알리는 등 침착하게 대응해야 한다.

평상시 위기에 대비한 매뉴얼을 만들어 놓고 연습해 보는 것도 좋다.

휴대전화에 긴급 신고 전화번호를 단축키로 만들어

놓는 방법도 있다.

긴급 상황 시, 도움을 요청할 가까운 이웃이나 친구 등이 있는지도 사전에 생각해 놓자.

사고나 사건은 아무 때나 일어날 수 있다. 그 대처가 더 중요한 것이다.

위기 예방 활동도 중요하다. 평상시 주변에 위험요소가 없는지 점검을 생활화해야 하고, 사소한 것이라도 발견되면 바로 조치해야 할 것이다.

편 가르기

어디를 가든 사람들과 어울리다 보면 편 만들기가 이루어진다. 대개 정당, 지역, 이념, 게임 등 다양한 분야에서 편 가르기가 이루어지고 있다.

오락게임에서처럼 일시적인 편 가르기로 놀다가 해체되어 버리는 일도 있지만, 고질적으로 편 가르기가 되어서 사회적 혼란과 갈등을 조장하는 경우도 많다. 이 경우 내 편이 아니면 무시하거나 불이익이 되게 처리하고, 모함하는 등 공격적으로 변하기도 한다.

공교육기관에서는 특히 중립적인 입장에서 교육이 이루어져야 하지만, 이를 위반하는 때도 있으며, 중립을 지켜야 할 공무원까지 한쪽으로 치우치는 경우가 허다하다.

이처럼 편 가르기가 심해지면 심각한 갈등이 조장되고, 국가 기강이 흐트러지면서 국가 전체가 혼란스러워질 수 있다.

극단적인 편 가르기는 개인, 단체, 국가 모두 이익이

없다고 본다.

　고질적인 편 가르기를 해소할 방안이 무엇인지 우리 모두 함께 고민해 보아야 할 것으로 본다.

역할분담役割分擔

역할분담이란 일을 여러 사람이 나누어 처리함을 말한다. 업무분담이라는 말과 비슷한 뜻이다.

어떤 일을 능률적이고 신속하게, 그리고 정확하게 처리하기 위해서 각기 맡을 업무를 지정해 주고 처리하는 방식을 뜻한다.

이번 대선에서 투표장 투표참관인으로 추천되어 투표종사원의 일처리 과정을 지켜보게 되었다.

종사원들의 역할이 분담되어 있어 모두 일사불란하게 업무를 처리하고 있었다.

안내 및 열 체크 → 손 소독 → 선거인명부 등재번호 확인 및 신분확인 → 서명 받기 → 투표용지 배부 및 기표소 안내 → 투표함 관리 및 퇴장 안내

이러한 일련의 과정을 지켜보면서 다시 한번 역할분담이 업무처리에 효율적이라는 것을 생각하게 되었다.

단체운동에서도 수비수와 공격수로 나뉘어 시합을 진

행하고, 일반 사무실에서도 업무를 개별적으로 나누어 처리하고, 공장 등에서도 업무 분업화를 통해 각기 맡은 업무를 처리한다.

우리도 각종 행사 진행이나 업무를 처리할 때 각자 역할분담을 하여 신속하고 능률적이며 효과적으로 일을 마무리하도록 하자.

옷은 가볍게 입어라

군대 있을 때였다. 겨울에 보초 나갈 때마다 내복에다 겉옷을 입고 그 위에 방한복을 걸쳤다. 머리에 방한모를 쓰고 그 위에 철모를 쓰고 나서면 마치 우주인이 된 기분이었다. 그래서 두껍게 껴입은 옷으로 인해 몸의 움직임이 불편하고 느낌도 갑갑했었다.

겨울이 막 지나고 봄이 오려는지 후덥지근하더니 봄비가 내렸다. 보슬비가 내려도 산행을 하려고 마음먹고 겨울 산행할 때 입었던 옷을 그대로 입고 나섰다.

산중턱을 오르는데 더워서 땀이 나는 게 아니라 답답하다는 느낌이 들었다.

겨울 겉옷을 벗고 올 걸 하고 후회했다.

사람은 피부로도 숨을 쉰다고 한다. 때문에 옷을 적당하게 입어야 한다.

저녁에 잠자리에 들 때도 가벼운 잠옷 차림이 좋다.

겨울에는 추위를 막아야 하기 때문에 옷을 따숩게 껴입

지만 나머지 계절은 가벼운 옷차림이 좋다고 생각한다.

그러나 작업이나 등산 등을 할 때는 옷 천이 두꺼운 게 좋다고 본다.

작업할 때는 접촉 부위가 많아지고, 등산할 때는 나무나 풀독에 피부가 상할 수도 있으며 해충의 공격을 받을 수도 있기 때문이다.

우리 가벼운 옷차림으로 상쾌한 하루를 보내 보자.

내일을 향해 살자

현실은 내일을 준비하는 과정이라고 본다.

내일을 생각하고 설계하기 위해서는 희망과 꿈이 있어야 한다.

내일을 준비하기 위한 행동의 예로 저축과 배움 그리고 생존을 위한 노력 등이 있다.

내일의 희망은 현실을 이겨내는 힘으로 작용하고, 고통을 참아내는 진통제 역할을 한다.

내일이 있기에 삶의 여유가 있고 휴식이 있다.

우리는 항상 내일을 준비하는 마음자세로 행복을 가꾸어 보자.

생명이 있는 한, 내일을 꿈꾸며 오늘을 열심히 살아 보자.

영감靈感

영감이란 사전적 의미로 창조적인 일의 계기가 되는 번뜩이는 착상이나 자극을 말한다.

글을 쓰는 데도 좋은 영감이 떠오르면 훌륭한 작품을 만들 수 있다.

시를 쓰는 시인도 그렇고, 예술을 하는 예술가 등 많은 분야의 사람들이 영감의 필요성을 호소하고 있다.

나도 사진을 찍다 보면 어떤 상황에서는 "야! 이거 작품이 되겠어!"라는 좋은 느낌이 올 때가 있다. 순간적으로 느끼는 기쁨과 희열이다. 사진은 순간을 잘 잡아야 작품성이 있기 때문에 조금이라도 주저하면 놓쳐버린다.

영감도 마찬가지라고 본다.

좋은 느낌이나 생각이 떠오를 때 바로 메모를 해야 한다. 그렇지 않으면 생각이 가물가물하다가 다 잊혀져버린다.

그림을 그리는 미술작가도 좋은 작품 소재를 보고 순

간 머리에 새길 수도 있지만, 어떤 이는 연필과 종이를 가지고 다니면서 그 순간을 스케치한다. 세세한 것은 나중에 기억이나 자기 예술성을 토대로 채워 넣을 수가 있기 때문이다.

나는 고등학교 다닐 때 수학을 매우 어려워했다. 이해가 안 가는 수학문제를 메모지에 적어서 시간 나는 대로 보고, 이리저리 연구하다 문득 풀어지는 경우가 있었다. 그때의 기쁨은 이루 말할 수가 없다. 영감을 얻은 것이다.

영감이란 우연히 얻어지는 경우도 있지만, 영감을 얻고자 한 방면에 대해 몰두하여 생각하다 보면 얻어지기도 한다.

우리도 좋은 영감이 떠오르면 놓치지 말고 바로 메모하거나 기억에 남도록 어떤 조치를 취하자. 그리고 좋은 영감을 얻기 위해 부단히 연구하고 노력해 보자.

일찍 자고 일찍 일어나자

우리가 바쁜 일상에 쫓기다 보면, 밤 12시가 넘어서 잠자리에 드는 경우가 허다하다. 그렇게 늦게 자다 보니 아침 7시에야 겨우 일어나 출근 준비를 하게 된다.

이러다 보면 규칙적인 일상이나 효율적인 시간 관리가 안 된다.

저녁 10시쯤에는 취침을 준비해야 건강에 좋다고 한다.

아침 6시 이전에 일어나 1시간쯤 책을 보고 나서 가벼운 운동을 하면 기분이 상쾌해지고 하루 일상을 여유 있게 보낼 수 있다. 취침시간은 7시간 정도 잡으면 좋다고 본다.

밤 12시가 넘는 시간에 잠자리에 들면 아침에 피곤하여 늦잠을 자야 하거나, 억지로 일어난다 해도 피곤해서 하루 일과를 망칠 수가 있다.

아침에 늦잠을 자면 아침의 소중한 시간을 활용할 수 없고 하루 종일 쫓기는 일과가 될 수 있다.

이런 불규칙적인 생활은 신체 리듬이 깨지기 때문에 건강에도 큰 영향을 줄 것이다.

적어도 저녁 11시 이전에는 취침에 들고, 아침 6시 이전에 일어나는 규칙적인 생활 리듬을 만들어 보자.

건강에도 좋고, 기분도 좋은 보람찬 일과가 될 것이다.

힘을 길러라

옛날부터 힘 하면 남자를 연상한다. "여자보다 남자가 육체적으로 힘이 세다"라고 생각하기 때문이다. 그러나 지금은 여자도 힘 기르는 운동을 많이 한다.

힘 기르는 운동으로 헬스장을 다니거나 역기 등 운동 기구를 구입하여 개별적으로 하는 경우도 있다.

호신護身 겸 체력단련 운동으로는 태권도, 유도, 검도, 합기도, 택견 등이 있다.

운동을 해서 힘을 기르게 되면 몸이 건강해지고 삶에 자신감이 생기며 정신력도 강해진다.

특히나 남자라면 군대도 가야 하고, 가정을 꾸리면 가족을 지켜야 한다.

힘이 없다면 무기력해지고 비겁해질 수 있다.

나는 젊은 시절에 태권도와 유도를 배웠다.

비록 많은 수련은 못 했지만, 평생 자부심을 가지고 살았다.

학창시절부터 호신 겸 체력단련을 할 수 있는 운동을 하나 이상 골라 해보자. 평생 당당하고 자신감 있는 삶을 살아갈 수 있을 것이다.

봉사활동奉仕活動

봉사활동이란 남을 위하여 힘을 바쳐 애쓰는 모든 활동이다.

봉사활동의 기본 조건은 자발적이고 보수를 기대하지 않는 희생정신을 전제로 한다.

나는 직장 일이 바쁘다는 핑계로 봉사활동에 별로 관심이 없다가 정년이 되고 나서야 우연찮게 봉사활동을 시작하게 되었다.

사촌 동생이 음악을 좋아하다 보니, 음악에 관심 있는 회원들을 모아 요양원 어르신들을 위해 공연을 다니고 있었다. 사촌 동생의 권유로 이 공연행사에서 활동을 하게 된 것이다.

지금은 지인의 권유로 시골 마을 경로당에서 한글을 가르쳐주는 강사로 활동 중이다. 어르신들을 상대로 한글을 가르칠 뿐 아니라 동화도 읽어드리고, 노래방 기기와 장구 가락에 맞춰 노래도 같이 부르며 즐거운 시간을 보내고 있다.

처음에는 무심결에 봉사활동을 시작하였지만, 하면 할수록 그 의미를 조금씩 알 것 같다. 이제는 남을 위해서 내 힘을 보태고, 도움을 주면서 살아가야겠다는 생각이 들었다.

봉사활동은 사회 공헌 활동이며, 덕을 쌓고 복을 짓는 일이기도 하다. 또한 정신적·육체적으로 자신의 건강을 증진시켜 주기도 한다.

봉사활동 분야는 다양하다. 자기 능력이나 정서에 맞는 봉사활동을 찾아 일정 시간 활동해 보자.

나도 남에게 도움을 주는 사람이라는 흐뭇함과 보람 찬 생의 기쁨을 맛볼 수 있을 것이다.

삶은 투자投資의 연속이다

투자란 이익을 얻을 목적으로 자금을 대거나 정성을 쏟는다는 사전적 의미가 있다. 따라서 투자는 물질적인 투자와 정신적 투자 모두를 말한다.

우리는 삶을 살아가면서 연속적으로 움직이며 어떤 행위를 하는데, 이러한 어떤 '행위'를 투자로 보자는 것이다.

예를 들어, 잠이 오면 자는 것도 피로를 풀기 위한 건강의 투자이다. 긴장을 풀고 노는 것도 인생의 흥을 느끼기 위한 투자이다. 공부하는 것은 장래를 위해 실력을 연마하기 위한 투자이다. 일을 열심히 하는 것은 돈을 벌거나 먹고 살기 위한 투자이다. 우리가 살아가면서 하는 모든 행위는 다 어떤 이유에서의 투자란 것이다.

나이가 들어 노인이 되었어도 지난날을 아쉬워하지 않는 것은 이런 일련의 계속적인 자신의 투자가 있는 삶이었기 때문이 아닌가 한다. 지속적인 투자로 나름 열심히 살았기에 무의미한 삶이 아니었다고 생각하는 것이다.

투자를 많이 한 분야에서는 자신의 두드러진 성과가 있을 것이고, 그렇지 않은 분야는 무지의 상태이거나 서투른 상태일 것이다. 단, 필요 이상으로 잠을 많이 자거나 향락에 젖어 놀기만 할 경우에는 투자로서 가치가 없을 수 있다. 이처럼 무가치한 투자도 있다.

세상 모든 일은 투자의 정도에 의하여 그 성과를 기대할 수 있다.

투자는 며칠을 두고 단기간에 열심히 해서 성과를 낼수 있지만, 큰 성과가 나는 경우는 드물다.

대부분 오랜 세월의 투자로 성과를 보는 것이다.

우리 이제까지 어디에 무엇을 많이 투자했는지 생각해 보자. 그리고 현재 나의 위치를 살펴보자. 미래 투자는 어디에 많이 할 것인지를 생각하면서 미래 투자에 대한 상세한 계획도 세워보자.

더불어 삶

우리는 좋아하는 사람도 만나고, 싫거나 미워하는 사람도 만날 수 있다. 그런가 하면 원수처럼 지내던 사이도 어느 날 친한 사이가 되어있기도 하다.

선과 악이 병존하여야 세상은 조화가 이루어진다고 한다. 몸속의 각종 병원균도 우리의 몸과 싸워가면서 더불어 살아간다.

몸속의 세균 중에는 몸에 유익한 것도 있다. 이런 세균을 없애려고 약을 쓰면 몸도 그 독성의 영향을 받는다.

그래서 병원에 의지하여 치료하는 것보다 자연치유가 더 좋다고 한다. 수술로 오히려 더 질병이 악화되는 경우도 있기 때문이다.

이처럼 우리는 대치되는 삶속에서 더불어 살아가고 있다. 미운사람이 있기에 좋은 사람이 더 돋보일 수 있고, 악한 사람이 있기에 착한사람이 더 필요한지 모른다.

우리는 이런 대치對峙되는 조화 속에서 서로 관계를 형성하며 더불어 살아가는 지혜가 필요하다고 본다.

산행할 때 배낭을 메자

산행을 하다 보면 갑자기 허기지거나 목이 마르고 힘이 빠지는 경우가 있다.

산에 오르면 에너지가 많이 소비되고, 여름에는 땀을 많이 흘려 탈수 현상이 나타날 수도 있기 때문이다.

이런 경우를 대비해서 반드시 챙겨야 물품들이 있다. 이를 소지하기 위해서는 배낭을 메는 것이 필수다. 안전한 산행을 위해서다.

배낭에 챙겨야 할 물건으로는 물, 수건, 과일 등의 간식, 의약품, 장갑, 비옷(일회용), 필기구, 화장지, 깔판, 4시간 이상 산행 시에는 도시락, 과도, 휴대폰, 기타 필요한 물품이 있다.

산은 기온차가 심할 수 있으므로 옷을 여유 있게 챙겨가면 좋다.

산을 얕잡아 봐서는 안 된다. 산행하다 보면 안전사고가 발생할 수도 있고 비를 만날 수도 있다.

산은 저녁 무렵이면 의외로 빨리 어두워진다. 여유 있게 산에서 내려와야 한다.

여름에는 한낮에 이동을 자제하고 시원한 그늘에서 쉬는 게 좋다.

눈이 내리는 겨울에는 아이젠을 발에 착용하여 미끄러져 넘어지는 안전사고에 대비해야 한다.

어려운 문제는 나중으로

우리가 학교에서 시험을 보거나 각종 경쟁시험 또는 자격시험에서 문제를 풀어갈 때 어려운 문제를 먼저 풀려 하면 시간을 뺏겨 다음 문제를 풀지도 못하고 시간이 부족하여 시험에 실패할 수 있다.

이때 어려운 문제나 기억이 가물거리는 문제는 나중으로 넘기고 우선 쉬운 문제나 자신 있는 문제를 먼저 풀어야 한다.

인생을 살면서도 마찬가지이다.

어려운 문제나 까다로운 문제는 나중으로 미루는 지혜도 필요하다.

민원처리에 있어서, 사람들이 줄지어 서 있는데 쉽게 처리가 안 되는 어려운 민원을 처리한다고 시간을 지체해 버리면 뒤의 많은 사람은 기다리면서 시간을 허비하게 된다.

이때는 당해 민원인의 양해를 받아 뒤로 미루거나 다

른 방도를 취하고 일상적인 민원부터 우선 처리함이 현명하다고 본다.

나는 청소할 때 치우기가 편한 것부터 치우고, 어려운 것은 제일 나중에 처리하여 청소를 마무리한다. 모든 일을 할 때도 마찬가지이다.

어려운 일이나 문제로 끙끙대다가 다른 일을 지체하거나 망치는 일이 없는지 생각해 보자.

일은 처리 가능한 일부터, 쉬운 일부터 처리하는 슬기를 가져보자.

꿈

거의 모든 사람은 잠을 자면 꿈을 꾸게 되어있다.

현대 심리학에서는 이런 꿈을 무의식의 발로發露라고
한다.

그러나 그렇게 단순히 무시해 버릴 수 없는 경우가 있
다. 나의 경험으로 보아 뜻하지 않게 예지몽豫知夢을 꾸
는 때가 있었기 때문이다.

우리는 개꿈이라고 무시해 버리는 경우가 많으나, 잘
생각해 보면 나에 대한 또는 내 주변 사람에 대해 앞으
로 일어날 일들을 미리 알게 되는 경우가 있다.

꿈이라고 그냥 지나쳐 버리지 말고, 지난밤 생생하게
꾼 꿈에 대하여 생각해 보자. 미신이라고 무시하지 말고
'꿈 해몽' 등의 자료를 찾아보자.

나의 미래에 대한 답을 찾을 수도 있고, 경우에 따라
서는 미리 대비할 일도 있을 수 있다. 아직도 과학적으
로는 규명하지 못할 미지未知의 세계가 있다고 본다.

매뉴얼manual을 만들어라

매뉴얼이란 일이나 업무 따위의 처리 방법이나 요령 등을 알기 쉽게 설명한 책이나 자료를 말한다.

기계의 경우 사용 방법이나 기능을 알기 쉽게 설명한 자료나 책을 뜻한다.

나는 업무를 보면서 반드시 업무 편람을 만들어 참고하는 편이다. 내가 맡은 업무에 대해 정확히 알아야 한다고 생각하며, 다음 후계자에게 인계할 때 도움을 주기 위해서이기도 하다.

매뉴얼에는 업무에 대한 개념과 현황, 처리 요령, 처리 순서 등을 일목요연하게 정리하여야 한다.

매뉴얼을 만들다 보면 관계 업무에 대해 많은 연구를 하게 됨으로써 자기 발전의 기회도 되고, 업무에 대해 완전히 익히고 파악할 기회를 가질 수 있어서, 업무를 효율적이고 능률적으로 처리할 수 있게 된다.

우리는 직장 업무뿐만 아니라 개인 사업 또는 다른 일

상의 일에서도 이런 매뉴얼을 만들어 활용하면 좋을 것
이라고 본다.

  우리 각자 하는 일이나 하고자 할 일에 대하여 매뉴얼
을 만들어 보자. 업무를 효율적으로 처리할 수 있고, 후
임자나 다른 사람들이 사용하거나 조작하고 처리하는
데 도움을 줄 수 있다.

일은 때가 있고 순서가 있다

우리가 세상을 살아가면서 행하는 모든 일에는 때와 순서가 있다.

농부가 농사를 지으려면 우선 농기계로 땅을 다루고 거름을 뿌린 다음 농약을 치고 이랑을 만든다. 그 후 비닐을 깔고 씨앗을 넣거나 모종을 옮겨 심는다.

농작물은 종류와 품종에 따라 심어야 할 때가 있고, 거두어들여야 할 때가 있다. 이처럼 어떤 일이든 해야 할 때가 있고 순서가 있음을 알 수 있다.

속담에 "바늘허리에 실 못 매어 쓴다"라고 했다. 아무리 바쁘더라도 바늘귀에 실을 꿰어 사용해야 한다는 것이다. 욕심만 앞선다든지, 빠른 성과만을 바라는 등의 무리한 일 추진을 하게 되면 부작용이 일어날 수 있다는 것이다.

매사에 때가 있고 순서가 있음을 생각하면서 순리적으로 절차를 밟아서 일 처리를 하도록 하자.

계약契約

우리가 물건을 사고팔 때, 또는 공사나 용역 등을 하고자 할 때는 서로 간에 계약을 한다.

계약서는 계약 자유의 원칙에 따라 자유롭게 작성할 수 있지만, 중요한 계약을 할 때는 일정한 형식에 따라 정확하고 자세하게 계약서를 작성하여야 계약 이행에 있어서 확인이나 다툼을 원만하게 해결할 수 있다.

계약서에는 기본적으로 계약 당사자 간의 명칭이나 성명, 계약 내용(금액, 물량, 계약 기간, 이행 내용, 특이사항 등), 계약 당사자 인적사항(주소, 주민등록번호나 사업자등록번호 등), 계약 날짜, 서명 또는 날인(도장)이 있어야 한다.

중요하지 않거나 일상적인 경우에는 계약서를 생략하고 구두계약으로 할 수 있다. 말로 하는 구두계약은 기억력에 의한 착오나 서로 의견이 다를 경우 애매해질 수가 있다. 이럴 때는 메시지를 통해서라도 근거(계약금

액, 수량, 기간 등)를 남겨 놓으면 좋다.

미성년자와의 계약은 원칙적으로 법정대리인(부모 등)의 동의가 있어야 한다. 사회질서에 반하는 계약(도덕적으로나 윤리적으로 허용되지 않는 등의 계약)은 무효이다.

전화 통화 등 말로 하는 약식 계약의 경우, 서로 간의 의사 합치가 안 되면 다툼의 소지가 있으므로 문자 메시지에라도 간단한 내용을 남겨서 불이익이나 불미스러운 일이 없도록 하자.

모자帽子

　나의 중·고등학교 시절에는 교복과 교모를 착용하고 다녔다.

　모자는 여러 가지 용도로 쓰고 다닌다.

　추위를 막기 위해서나 체온 유지를 위해서 쓰는 방한모, 머리보호를 위해 쓰는 철모, 헬멧, 안전모, 멋을 부리기 위해 쓰는 경우, 얼굴을 숨기기 위해서는 쓰는 경우, 이미지 연출을 위해 쓰는 경우, 농악 놀이를 할 때 쓰는 고깔모자, 경찰이나 소방공무원 등이 쓰는 유니폼 모자, 옛날 양반 신분을 나타내는 갓 모자 등 용도와 쓰임에 따라 다양하다. 법에 따라 도로나 작업장에서 의무적으로 착용해야 하는 헬멧, 안전모도 있다.

　나는 모자를 즐겨 쓴다. 여름에는 햇빛 차단을 위해 쓰고 겨울에는 체온 유지를 위해 쓴다.

　우리 모자에 대해 관심을 가져보자.

　모자를 이용하여 멋도 부리고 자신의 이미지를 변신

해 보는 것도 있지만, 체온 유지, 햇빛 차단, 위험요소로부터의 머리보호 등 건강과 안전차원에서 모자의 역할은 중요하다고 본다.

쓰레기

요즘은 어디를 가나 쓰레기로 골머리를 앓는다.

쓰레기를 자주 버리는 장소에는 경고 팻말이나 감시 카메라를 설치해 놓았으며, 어떤 곳은 계속 안내방송을 들을 수 있게 장치해 놓았다.

도시나 시골 변두리의 한적한 곳에는 쓰레기들이 쌓여 있고, 길거리에도 항상 쓰레기들이 이리저리 날려 다닌다.

쓰레기는 종량제 봉투에 담아서 처리해야 한다.

그러나 대부분은 남의 눈을 의식하지 않고 아무 데나 버리는 사람들이 있다.

비닐 계통의 쓰레기나 병류, 캔류는 오랜 세월이 지나도 썩지 않는다. 이런 쓰레기들은 환경오염은 물론이거니와 보기에도 흉하다.

우리 쓰레기를 버리지 말자. '누군가 치우겠지'라는 생각으로 비양심적인 행동은 하지 말자.

버려진 쓰레기는 내버려 두기보다는 공공근로나 봉사 단체를 활용해 정기적으로 수거하고 계몽캠페인도 하면 좋겠다.

　버리는 자의 처벌도 강화해야겠지만, 개인 각자가 쓰레기 버리는 습관을 고쳐야 하며, 버려진 쓰레기를 정기적으로 수거하면서 계몽 활동이 지속적으로 이루어져야 할 것으로 본다.

　깨끗한 생활환경 속에서 모든 사람이 정서적으로 안정되고 행복하였으면 한다.

깨어진 유리창 이론

범죄심리학에서 "깨어진 유리창 이론"이란 말이 있다. 이 이론은 사회심리학이나 교육심리학에서도 활용되는 이론이다.

이 뜻은 깨진 유리창을 방치하면 다음 유리창들도 이어 깨질 위험성이 있다는 말이다. 애들이 잘못하여 유리창을 깼는데 수리하지 않고 방치하면, 애들은 장난삼아 다른 유리창도 연속적으로 깰 수 있다는 것이다.

또한 자동차 유리가 깨진 상태로 차를 방치해 놓으면 다른 부품도 절도해 가는 경우가 생길 수 있다

쓰레기가 버려진 곳을 방치하면, 다른 사람들도 그곳에 쓰레기를 버리게 되는 것을 보았을 것이다. 쓰레기가 날리거나 쌓여있고 낙서가 많은 음침한 거리에서는 범죄 발생 우려도 커진다.

이처럼 사소한 일상의 방치가 자칫 큰 피해나 범죄로 이어질 수 있음을 알아야 한다.

우리도 거처하는 곳이나 관리하는 곳에 파손된 부분이나 쓰레기 등을 방치하지 않았는지 살펴보자.

부서진 문, 깨어진 유리창 등은 빨리 고쳐야 하고, 부서진 물건은 고치거나 치우며, 주변 청소를 철저히 하여 안전하고 쾌적한 환경을 유지하도록 하자.

다른 일상에서도 방임이나 방치로 사고나 피해가 발생할 것은 없는지 살펴보고, 바로 조치하도록 하자.

체온 유지

야생에서 활동하는 동물들은 대개 추위를 자체적으로 잘 이겨낸다.

그러나 인간은 일정한 체온(36.5℃)을 유지해야 건강하게 살아갈 수 있다고 한다.

체온을 유지하지 못하면 각종 질병이 발생할 수 있다.

특히 겨울철에는 각별한 주의가 요구된다.

멋있게 보이기 위해서 옷을 얇게 입거나, 활동에 거추장스럽다고 대충 입고 다니는 경우가 허다하다.

추위에 노출되면 제일 먼저, 모든 병의 근원이라는 감기가 찾아오기 쉽다.

겨울철에는 체온 유지를 위해 거주하는 사무실이나 집에도 난방에 필요한 시설을 갖추어야 하며, 활동할 때는 의복을 따뜻하게 입어서 체온 유지에 신경을 쓰자.

적정한 체온을 유지하는 것이 우리의 건강을 지키는 기본 수칙이다.

초상권肖像權

초상권이란 자신의 얼굴이 허가 없이 촬영되거나 공표되지 않을 권리를 말한다.

대법원 판결문에서 초상권에 대해 "사람은 누구나 자신의 얼굴 그 밖에 사회 통념상 특정인임을 식별할 수 있는 신체적 특징에 관해 함부로 촬영되거나 그림으로 묘사되지 않고 공표되지 않으며 영리적으로 이용되지 않을 권리"라고 말하고 있다.

우리는 일상에서 사진을 많이 찍는다. 이 중 사람을 상대로 사진을 찍거나 동영상을 촬영하는 경우 초상권의 문제가 발생할 수 있다.

이때 찍은 사진을 상대방의 동의 없이 공표한다든지 상업적 목적으로 사용하면, 초상권 침해로 보아 민사상 손해 보상을 해야 한다.

나도 사진을 하면서 행사장이나 일반 길거리에서 사람들의 활동하는 모습을 찍어 인터넷에 올린 경우가 있었다. 참 지혜롭지 않는 행동이었다.

만약 상대방이 이걸 보고 불쾌하다고 초상권 침해를 제기하면 당하게 되어있다. 이처럼 무심코 올린 자료가 문제 될 수도 있다.

우리도 이제는 사람을 상대로 사진을 찍거나 동영상을 촬영할 때 각별한 주의를 해야 할 것이다.

찍은 사진을 사용할 때도 초상권 침해에 해당되지 않는지 다시 한번 생각해 보도록 하자.

국가관國家觀

요즈음 매스컴을 통해 국가 간 분쟁지역을 보면서, 새삼 국가관의 중요성을 생각하게 한다.

나라 내부적으로 국가 기강이 흐트러져 내란이 발생하거나 적국의 침입으로 전쟁이 발발하면, 모든 국민은 큰 불행에 빠져들 것이다.

국가가 유지 존속하려면 힘이 있어야 하고 우방 국가와의 연대적인 유대관계가 돈독하여야 하며, 무엇보다 모든 국민이 올바른 국가관으로 정신 무장이 되어있어야 한다.

국가는 국민의 생명, 재산, 자유, 행복 등을 지켜준다.

국가를 잃은 고통은 집을 잃은 고통보다 몇천 배나 고통스러울 것이다. 각 개인의 생명은 물론 모든 것을 보장받지 못하는 무서운 현실로 변해버릴 것이기 때문이다.

우리 모두가 투철한 국가관을 세워 이 나라를 지켜야

하지 않겠는가!

나라를 지키는 것은 군인만이 하는 것이 아니라 국민 모두가 함께해야 할 것이다. 그 누구도 예외는 없다.

우리나라는 사계절이 뚜렷하고 푸른 산과 맑은 물이 있는 풍요로운 땅이다.

세계 여러 나라에서도 우리나라를 부러워할 만큼 살기 좋은 땅인 것이다.

국난으로 국가가 위태로울 때마다 선열先烈들이 목숨으로 지켜낸 소중하고 고귀한 땅이다. 우리는 이 땅을 후손에게 길이길이 물려주어야 한다.

국민의례 때 하는 '국기에 대한 맹세'를 다시 한번 되뇌어보자.

"나는 자랑스러운 태극기 앞에 자유롭고 정의로운 대한민국의 무궁한 영광을 위하여 충성을 다할 것을 굳게 다짐합니다."

국가관을 정립하기 위해서는 공영매체의 지속적인 홍보 협조가 필요하다. 전 국민을 대상으로 해야 하기 때문이다.

"뭉치면 살고 흩어지면 죽는다"라고 했다. 어떠한 경우에라도 국민이 분열되고 국가관이 흔들려서는 안 된다.

마스크mask

마스크란 사전적 의미로 병균이나 먼지가 호흡기로 들어오는 것을 막기 위해 코와 입을 가리는 물건, 또는 독가스나 세균 따위의 침입을 막기 위해 얼굴 전체를 가리는 물건이라 말한다.

마스크의 일상 착용이 생활화된 것은 2019년 12월 중국을 시작으로 발병되어 세계적으로 확산된 코로나19(바이러스에 의한 호흡기 감염 질환, 공식명칭 : COVID-19) 때문이다.

코로나19는 비말(飛沫:침방울)이 호흡기나 눈·코·입의 점막으로 침투돼 전염된다고 한다.

2020년 11월에는 코로나19 감염을 막기 위해 마스크 착용을 의무화하였으며 착용하지 않으면 과태료를 부과할 수 있도록 하였다.

우리는 마스크를 여러 용도로 사용해 왔다.

산업현장에서 먼지 때문에 쓰는 방진마스크, 환자 수

술용 마스크, 겨울철에 보온을 위해 쓰는 방한용 마스크, 음식을 조리할 때 쓰는 조리용 마스크, 화학성 독 방지를 위해 쓰는 방독마스크, 위급 환자용 산소마스크, 질병 예방을 위해 쓰는 보건용 마스크, 멋을 내기 위해 쓰는 패션 마스크, 종교상 혹은 풍습적風習的으로 착용하는 마스크, 얼굴 가리개용 마스크 등 그 쓰임과 종류는 다종다양하다.

3년째 마스크를 상시 착용하다 보니 이제 의복처럼 일상의 필수품이 되어버렸다.

코로나19로 인해 우리는 보건에 대한 관심이 높아졌다. 손 씻기 강조는 당연시되었으며, 마스크 착용 역시 당연시되었다.

앞으로도 호흡기 질환에 대한 감염 예방을 위해서는 마스크 착용이 일상화되어야 할 것 같다.

바이러스virus

바이러스는 2가지 뜻이 있다. 세균보다 훨씬 작은 전염성 병원체인 미생물을 말하는 경우와 컴퓨터를 비정상적으로 작동하게 하는 악성 프로그램을 말하는 경우이다.

여기에서는 컴퓨터 바이러스에 관하여 말하려 한다.

문자[글자]를 모르면 문맹이라 하지만, 컴퓨터를 모르면 컴맹이라 한다.

지금 이 시대에서는 컴퓨터를 모르면 일 처리에 어려움을 겪게 된다. 이제는 컴퓨터가 우리의 일상이 되어버렸다.

컴퓨터를 편리하게 사용함에 있어 문제점이 있다. 그 문제점은 모든 자료를 일시에 망가뜨려서 사용할 수 없게 만들어 버리는 컴퓨터 바이러스 때문이다.

사람들은 설마 하며 컴퓨터를 사용하다가 컴퓨터 바이러스 감염으로 갑자기 자료들이 손실되거나 파손되어

버리는 어처구니없는 일을 당할 수가 있다.

이를 대비하기 위해서는 컴퓨터 백신을 깔아야 한다.

사람들이 독감을 예방하기 위해 백신을 맞는 것과 같다.

컴퓨터 백신은 컴퓨터에 대해 잘 아는 주변 사람으로부터 도움을 받거나 컴퓨터 서비스 전문 업체에 서비스를 요청할 수 있다.

중요한 자료의 손실을 막기 위해서는, 별도의 USB 메모리나 외장하드디스크에 반드시 저장(백업:backup)해 놓아야 한다.

은혜恩惠는 갚아라

우리가 살아가다 보면 여러 사람으로부터 많은 도움과 혜택을 받는다. 그러나 바쁘다는 핑계나 무관심 등으로 지나쳐 버리는 경우가 많다.

말로만 "고맙다"란 말을 듣기엔 너무 성의가 없어 보이거나 왠지 서운함이 느껴지는 경우도 있다.

애경사나 다른 행사 등에서 금전적으로 도움을 받는 경우에는 상대방의 애경사나 다른 행사에 내가 도움받았던 것에 상응하는 금전 등을 제공해야 할 것이다.

어려운 일을 해결해 주거나 큰 도움을 받은 경우에도 어떠한 보답이 이루어져야 한다. 선물은 받는 이를 기분 좋게 하며, 만사를 해결해 주는 역할을 한다. 그렇다고 뇌물을 제공하라는 말은 아니다.

은혜의 보답은 비단 금전으로만 하는 것은 아니고, 여러 가지 다른 형태로도 할 수 있다.

은혜는 되도록 빨리 갚아야 한다고 본다.

우리가 살아가면서 받은 은혜에 대하여 보답하는 것은 신용사회로 가는 길이며, 신뢰가 쌓이는 기회가 되고, 서로 간에 유대가 돈독敦篤해짐으로써 자신의 앞길에 크나큰 행운으로 돌아올 것이다.

근력운동筋力運動

우리가 일상생활을 활기차게 하려면 근력이 있어야 한다. 근력은 곧 삶의 활력이라 해도 과언過言이 아니다.

이런 근력을 기르기 위해 헬스장에 가거나 운동기구를 사다가 집에서 혼자 운동하는 경우가 있다.

나도 한때는 헬스장에 다니기도 하였으나, 일정 시간에 차로 운전하여 가야 하는 번거로움과 부담감 때문에 그만두었다.

또한 집에서 비싼 헬스기구를 사서 시도해 보았으나 그것도 싫증이 나서 오래 하지 못하고 창고에 보관해 두었다가 고물로 처분해 버렸다.

그래서 지금은 그런 부담감을 주지 않는 운동법을 나름대로 계획해서 실천하고 있다. 하루 운동량은 다음과 같다.

1. 학창시절에 많이 했던 보건체조
2. 팔굽혀펴기 50회 정도

3. 의자에 걸터앉아 발 올리기 100회

4. 윗몸일으키기 30회

5. 철봉을 이용한 턱걸이 10회 정도

6. 1시간 이상 걷기

7. 기타 다리 올려 풀기, 허리 풀기 등

운동은 자기 몸에 맞게 해야 한다.

과하게 많이 해서 좋은 게 아니라, 적당하게 자기 체력에 맞게 해야 한다.

우리 하루 운동량을 계획해 놓고 실천함으로써 건강하고 활기찬 삶을 누리도록 하자.

땅(토지:土地)

생전에 어머니는 입버릇처럼 "돈을 모으면 땅을 사라"고 하셨다.

땅은 여러 가지로 우리에게 의미를 준다.

내 것이라는 소유권에 대한 재산적 가치를 가질 수 있고, 내 땅을 자유롭게 사용할 수 있는 권한이 주어지며, 땅에 대한 재산적 가치는 하락의 위험이 별로 없어 안정적인 가치를 보장해준다.

투기를 목적으로 하지 않는 한 내 땅이 있다는 것은 좋다고 본다.

또한 "땅은 거짓말을 안 한다"고 했다. 씨를 뿌린 대로, 열심히 일한 만큼 거둔다는 것이다.

당장 생활고에 시달리는 사람은 꿈같은 이야기다.

아파트 생활에 만족하는 사람은 별개이지만, 땅에 지어진 단독주택單獨住宅이나 변두리 조그마한 땅이라도 사두는 꿈을 가져보는 것도 나쁘지 않다고 본다.

약초연구藥草研究

나는 요즈음 유튜브(구글이 서비스하는 동영상 공유 플랫폼)를 통해서 틈틈이 약초공부를 한다. 이번 코로나 19 때문이다.

코로나19에 감염되면 약도 없는 상태에서 격리당해 야 한다는 황당한 사태에 대하여 나름의 방어 수단을 찾 기 위해서다.

약초에는 수천 가지가 있어서, 이를 연구하기도 쉬워 보이지 않는다.

약초의 이용도 한방의 조제 수준이 아니라 단방약單方 藥이나 차(茶)처럼 달여 마시는 정도이다.

약초를 연구하다 보면 시골의 논밭이나 산에 나는 온 갖 풀이며 나무가 거의 유용한 약재임을 알 수 있다.

요새 약국에 가면 좋은 약들이 많이 있다. 그러나 약 에는 나름의 부작용이 있을 수 있다고 한다.

우리 약초에 관심을 가져보자. 약초 연구는 관련 유튜

브나 책을 사서 공부할 수 있고, 약초 연구 동호인들과 어울려 현장에서 배우는 방법 등이 있다.

약초는 본인이 직접 채취할 수도 있지만, 한약재상이나 재래시장에도 많이 진열되어있다.

자기 몸의 증상이나 질병에 맞는 약초를 차처럼 달여 마시면 된다.

너무 여러 가지를 넣어 끓여 마시면 부작용이 일어날 수 있으므로 주의가 필요하다.

병원이나 약국에 의존하기보다 때로는 자신의 건강을 위하여 자연치유 방법을 생각해 보는 것도 좋다고 본다.

평생 해야 할 공부

나는 평생 해야 할 공부를 정해 놓았다. 영어, 한국어, 한문 등이다. 어학에 관련된 것은 꾸준히 하지 않으면 잊어먹기 쉬워서이기도 하다.

시간은 아침에 일어나서 한 시간 정도, 3과목을 20분씩 나누어 공부한다.

이렇듯 짧은 기간에 익히기 어려운 것은 장기적인 계획을 세워 공부하면 좋을 것 같아 서다. 전문분야가 있는 사람은 그에 맞춰 계획을 짜면 될 것 같다. 나머지 공부는 낮이나 저녁 시간 등 여유 시간을 이용해서 하면 될 것이다.

"가랑비에 옷 젖는다"라고 했다. 평상시 조금씩 공부해 가다보면 어느 때인가는 남 못지않은 실력가가 될 것이라고 본다. 이런 실력이 쌓이면 자기 지력이 윤택해질 것이다.

공부 방법이 개인마다 다르겠지만 나름대로 학습계획을 세워 꾸준히 실천하면 좋은 결과가 있으리라고 본다.

봄이 오는 소리
—어등산 산행에서

봄비가 두드리며 불렀나
나뭇가지에 움트는 소리

살랑대는 바람결에
봄이 오는 소리
내 가슴속에 밀려든다

맑아진 하늘에서
온화한 햇빛 비치니
새소리도 시냇물처럼 맑다

오가는 이들의 발걸음 가볍고
햇살 먹은 얼굴들 밝다

개나리꽃, 진달래꽃도
무리 지어 피어
봄소식 알려 주는구나!

봄 냄새 촉촉하게 맡으니
내 마음에도 터 오르는 새움
봄기운에 나를 실어본다

아버지

어릴 적 아버지 등은
따뜻한 보금자리
누워 자면
어느새 집이었네

이리 가도 저리 가도
항상 함께였고
가는 곳마다 귀염둥이
사랑 듬뿍 받았지

사랑만큼이나 기대 크셨지만
보답하지 못했고
그래도 자식이라고
숨어 응원하시던 아버지

병마와 싸우시다
일찍이 유명을 달리하시니
아버지의 사랑 다 갚지 못한
불효자가 되었구나

이제야 철들어 용서를 청하니
청 받아 줄 아버지 없어
눈물만 쏟아지네

아버지 감사합니다
그 은혜 품고 살겠습니다
내 평생 잊지 않을 아버지

불교문예작품선

봄이 오는 소리
©김영성 작품집, 2022, Printed in Seoul, Korea

초판 1쇄 인쇄 | 2022년 4월 10일
초판 1쇄 발행 | 2022년 4월 20일

지은이 | 김영성
펴낸이 | 문병구
편　집 | 구름나무
디자인 | 쏠트라인saltline
펴낸곳 | 불교문예출판부

등록번호 | 제312-2005-000016호(2005년 6월 27일)
주　　소 | 03656 서울시 서대문구 가좌로2길 50
전화번호 | 02) 308-9520
전자우편 | bulmoonye@hanmail.net

ISBN : 978-89-97276-63-9 (03810)
값 : 12,000원